O cultivo Interior

O cultivo Interior

ALDIVAN TORRES

Canary Of Joy

CONTENTS

1 "O Cultivo Interior"   1

1

"O cultivo Interior"

Aldivan Torres
O Cultivo Interior

Autor: Aldivan Torres
©2018-Aldivan Torres
Todos os direitos reservados

Este livro, incluindo todas as suas partes, é protegido por Direito de autor e não pode ser reproduzido sem a permissão do autor, revendido ou transferido.

Aldivan Torres é um escritor consolidado em vários gêneros. Até o momento tem títulos publicados em nove línguas. Desde cedo, sempre foi um amante da arte da escrita tendo consolidado uma carreira profissional a partir do segundo semestre de 2013. Espera com seus escritos contribuir para a cultura Pernambucana e brasileira, despertando o prazer de ler naqueles que ainda não tenham o hábito. Sua missão é conquistar o coração de cada um dos seus leitores. Além da literatura, seus gostos principais são a música, as viagens, os amigos, a família e o próprio prazer de viver. "Pela literatura, igualdade, fraternidade, justiça, dignidade e honra do ser humano sempre" é o seu lema.

"O cultivo Interior"
O Cultivo Interior
Rumo a Pombos
Vitória de Santo Antão
Moreno

Rumo a Pombos

Caminhando às margens da antiga ferrovia, o grupo vai avançando gradualmente. Ao fundo, a serra das russas e de lado toda uma cadeia complementar representando o relevo da região. Ali, era um dos poucos locais onde ainda existiam resquícios do bioma mata atlântica que é rico em espécimes vegetais e animais. São alguns exemplos: palmeiras, orquídeas, cipós, pau-Brasil, jacarandá, peroba, cedro, andira, mico-leão-dourado, tatu, muriqui, anta, onça-pintada e capivara entre outros.

Aliado a beleza da natureza, a disposição dos nossos amigos de aventura era invejável: ninguém reclamara mesmo após tanto esforço. Estava claro que se encontravam decididos a buscar um novo rumo para suas atribuladas vidas. Tudo isso devia-se ao encorajamento e a confiança que depositavam em seu querido mestre.

Mesmo que sofressem, que fracassassem, que tivessem perdas importantes como a de Uriel, não desistiriam do caminho traçado porque Javé estava ao lado deles. Como diz o ditado," Deus escreve certo em linhas tortas".

Eles tinham consciência que, nos momentos cruciais, Deus ia socorrê-los como fizera com o Aldivan anos atrás, pois ele nunca muda e mostrara através da figura do seu filho suas verdadeiras intenções: A realização e a felicidade plenas de todos eles. Estava escrito!

Com esta certeza, eles permanecem percorrendo o caminho. O percurso restante foi completado sem maiores surpresas. Eles finalmente têm acesso à cidade dirigindo-se ao hotel. No caminho, enfrentam um trânsito normal de pedestres e tem a oportunidade de conhecer melhor o local chegando no destino ao final em exatos trinta minutos. Já eram quase duas horas da tarde e eles decidem ir imediatamente ao refeitório onde está posto o almoço. Nada melhor que recompor as forças depois de uma grande maratona.

No local, encontram duas mesas livres o suficiente para acomodar doze pessoas. Eles se organizam ao redor delas, chamam um dos atendentes, fazem um pedido de almoço simples e enquanto esperam estreitam relações.

Instantes depois, a comida é servida (arroz, feijão, macarrão, suco, bife e salada) e em silêncio degustam o prato. São cerca de vinte minutos em plena concentração alimentar. Ao final estão completamente satisfeitos como se não comessem há séculos.

Logo após, efetuam uma reunião rápida: enquanto Rafael Gonçalo busca suas coisas os outros vão tomar banho, descansar um pouco e arrumar as malas. Queriam chegar no mesmo dia na próxima cidade.

Em cerca de uma hora resolvem estas pendências, reúnem-se novamente, pagam as despesas no hotel e partem. Já fora, ligam para o serviço de táxi. Quinze minutos depois, os automóveis chegam, eles embarcam e dirigem-se ao ponto de lotação. Em alguns instantes chegam lá e esperam mais trinta minutos. Finalmente é dada a partida. Rumo a Pombos.

Seriam vinte e três quilômetros a serem percorridos entre às duas cidades. Pombos era uma cidade histórica e conservadora. A uma altitude de 208 metros ao nível do mar, com uma área de 207,656 km² e uma população estimada em vinte e sete mil habitantes a cidade era famosa por ser à terra do abacaxi e da agroindústria açucareira. Seu IDH (índice de desenvolvimento humano) atual era de 0,598.

Conduzido pela autolotação, o nosso grupo de amigos percorre a cidade de gravatá e ao final dela tem acesso à movimentada rodovia BR 232. Rodando numa boa velocidade, eles vão avançando na estrada asfaltada do lado direito.

No caminho, veem um pouco de tudo: as serras, canaviais, povoados e o asfalto. Aquela imensidão negra era produto do dito mundo desenvolvido que realmente trouxera comodidades para a civilização humana, mas, em contrapartida, trouxera dor, sofrimento e perigo para o planeta.

Quanto tudo se esgotasse, o que faria a humanidade? Era preciso, portanto, agir racionalmente no presente para preservar o futuro das gerações vindouras.

Alheios aos problemas atuais e do futuro, os personagens em questão divertem-se durante o tempo do percurso. Interagem entre si com brincadeiras, piadas e conversas sociais. Entretidos nisso, eles nem sequer percebem quando ultrapassam a metade do percurso. Restavam agora onze quilômetros e meio.

Na segunda parte do percurso, o motorista aumenta a velocidade e o tempo passa bem rápido. Quando menos esperam, completam o percurso total adentrando no pequeno, mas acolhedor centro urbano.

Em questão de poucos minutos já chegam no centro e como o motorista conhecia bem a cidade já os deixa numa casa de hospedagem. O nome do local era pousada pombal e era uma casa normal. Adentrando nele, eles percebem que o mesmo é composto de cinco quartos, um corredor, uma copa, um banheiro comum e um pátio. Com sorte, todos estavam desocupados o que permitiria o conforto e a privacidade de todos.

Eles falam com o dono do local, acertam as bases contratuais, alojam-se e depois reúnem-se novamente. Misteriosamente, o anjo Rafael coordena tudo e eles saem a passeio pela cidade. Eram 16:00 Horas agora e o tempo estava nublado e seco o que permitiria o passeio sem maiores problemas.

Saindo do centro, eles atravessam três ruas e alcançam um mundo completamente desconhecido para a maioria deles. Tratava-se dum local discreto, pequeno, chamado casa de shows central. Eles param diante da portaria e após apresentar documentação lhe é permitida a entrada.

Ao entrar, imediatamente percebem que aquele não era um local comum. Cheio de mesas dispostas de ambos os lados, com jogadores inveterados tentando a sorte e vibrando a cada jogada. Nas paredes, fotografias e quadros inspiradores e indiscretos a exemplo duma réplica mal feita da Monalisa.

Ao comando do Rafael, o grupo avança algumas mesas e chega junto dum homem que solitário que tentava em vão acertar os doze pontos no dado. Com um toque, Rafael o desconcentra, ele volta-se para o grupo com olhar de espanto. O nome dele era Godofredo cruz.

"Oi, Godofredo, Lembra-se de mim?

O homem fita-o seriamente. Seria possível? No dia anterior, tivera um sonho premonitório com um anjo pedindo-lhe para largar o vício do jogo. O rosto do anjo era exatamente igual ao daquele homem. Anjos na terra? O improvável realmente o espantava. Reunindo um resquício de coragem, consegue falar.

"Lembro de você. O que quer de mim?

"Eu e meus amigos queremos um segundo de sua atenção. Poderia nos acompanhar? (Convidou Rafael)

"Eu não sei. Estou ocupado agora. (Godofredo)

"Ocupado com quê? Com o jogo? (Rafael)

"Isto não lhe diz respeito. (Respondeu duramente Godofredo)

"Sabemos disso, mas mesmo assim nos importamos com você. Eu e meu pai sentimos que dentro de você há alguém em perigo e que precisa de ajuda. (Aldivan).

A frase de Aldivan desconcertou Godofredo. Como ele sabia? Era um homem solitário desde que perdera os pais e que graças a sua habilidade no jogo conseguira sobreviver. No entanto, nos últimos tempos o azar o perseguia o que lhe trouxera prejuízos surpreendentes. Resolve então testar o estranho.

"Já que você me conhece tanto, o que me oferece para que eu te acompanhe e desista do jogo que estou fazendo?

"Eu o convido a fazer parte do meu reino e do meu pai. No nosso reino não há lugar para azar ou infelicidade. Todos têm vez e voto e com oportunidades iguais. Queremos você porque acreditamos ainda na sua boa índole e capacidade de regeneração. Basta você nos aceitar e esforçar-se para mudar de vida. O jogo não lhe trará futuro nenhum. (O vidente)

"Não há lugar para azar. Azar, por que me acompanhas? (Godofredo)

"É um demônio que pouco a pouco vai lhe destruir. Permita a me ajudá-lo. (O vidente)

"Eu estou confuso. (Balbuciou Godofredo)

"Eu lhe ajudo. Sou um corrupto e Aldivan está me ajudando. (Osmar)

"Sou uma sexóloga e estou aprendendo conceitos que nunca vi. (Diana Kollins)

"Sou um evolucionista e o vidente quebrantou minhas teorias. (Lídio Flores)

"Sou um astrônomo e mesmo conhecendo boa parte do universo não canso de admirar seu trabalho. (Róbson Moura)

"Sou seu parceiro desde 2010 e posso dizer que ele é um exemplo de ser humano a ser imitado. (Renato)

"Aldivan mostrou-me que meu sacerdócio é incompleto. (Ramon Gurgel)

"Aldivan deu-me esperanças e me aceitou mesmo eu sendo um deficiente. (Rafael Gonçalo)

"Mesmo tendo-lhe feito mal, ele foi capaz de me perdoar. (Manoel Pereira)

"Ele me aceitou quando o mundo inteiro me condenou. (Bernadete Sousa)

"Estou superando uma crise depressiva séria por obra dele. (Rafaela Ferreira)

"E eu entrei no seu sonho para alertá-lo. É pegar ou largar. É uma grande oportunidade que Deus te dá agora. (Rafael)

Godofredo impressiona com as palavras de todos. Que homem era aquele? Certamente não era comum. Só pelo fato de querer ajudar as pessoas tinham seu mérito. Quem sabe não seria sua salvação?

"Eu aceito conversar. (Godofredo cruz)

"Então nos acompanhe. (Convidou Rafael)

"Está bem. Vamos. (Godofredo)

O grupo, agora composto por treze pessoas, dirige-se a saída daquele lugar fétido. Em alguns passos, já ultrapassam o único obstáculo e tem acesso às ruas da modesta cidade. O ambiente é calmo e pouco movimentado e eles começam então a fazer o caminho de retorno. Que Deus o abençoassem!

Com a praticamente a mesma velocidade e predominando um silêncio constrangedor como se algo previssem, eles atravessam às três ruas que os separavam da casa de hospedagem no tempo previsto. Adentrando no local, dirigem-se ao pátio e acomodam-se no lado direito onde há uma poltrona gigante e cadeiras complementares. Com todos à vontade, é retomada a conversa.

"Muito bem. Estou pronto para ouvi-los. Para começo de conversa, quem são vocês? (Godofredo Cruz)

"Sou o Aldivan Teixeira Torres também conhecido como vidente, Divinha ou filho de Deus. Sou autor da série o vidente e de outros livros que pretende o caminho do aprendizado e do prazer. No tema atual, busco o encontro do "Eu sou", algo realmente importante para o ser humano.

"Sou o Renato, fiel companheiro de aventuras do vidente. Estou com ele desde o início de suas aventuras. Sem mim, nada teria sentido.

"Sou o Arcanjo Rafael Potester, um dos líderes da milícia celestiais. Sou a proteção espiritual de que precisam.

"Sou o xará Rafael Gonçalo, integrei-me ao grupo para obter respostas de Deus em relação ao mal que me acomete, a esquizofrenia. Sou da cidade vizinha, Gravatá.

"Eu sou a Rafaela Ferreira. Sou da cidade de Arcoverde. Sou estudante e uma jovem em busca de superar por completo minhas crises depressivas.

"Sou de Sanharó e me chamo Osmar. Pretendo curar-me das minhas fraquezas através da luz do filho de Deus.

"Chamo-me Lídio Flores, sou formado em biociências e especialista na teoria de evolução. Minhas frustrações me levaram a integrar-me a este grupo. Sou de São Caetano.

"Diana Kollins, casada, professora de inglês e sexóloga. Quero estudar profundamente o comportamento humano e o começo disto é conhecer a mim mesmo através do resgate do "Eu sou". Meu local de residência é Caruaru.

"Bernadete Sousa, sou de Mimoso, funcionária pública municipal e mãe. Meu objetivo é a felicidade.

"Sou o sacerdote Ramon Gurgel. Quero investigar a fundo este grupo e descobrir Deus além da teoria. Exerço meu sacerdócio em Bezerros.

"Sou da querida Belo jardim e estou me esforçando para me tornar um novo homem. O que parecia improvável eu já consegui que foi o perdão dos meus pecados. Sou conhecido como Manoel Pereira.

"Venho de Tacaimbó e trabalho com as questões do universo. Posso dizer que o grupo está me ajudando a entender mais sobre o ser humano, o que representa um avanço. Sou O Róbson Moura.

"Além destes, tínhamos conosco o Uriel, mas por uma jogada do destino desapareceu" Informou o vidente.

"Ótimo. Eu sou o Godofredo Cruz, sou um jogador profissional. Minhas características principais são a persistência, a fé na sorte e no destino. Atualmente, estou passando por um momento difícil.

"Por este exato motivo estamos aqui. Deus te convida a participar conosco e descobrir o que o futuro lhe reserva. (O vidente)

"Se eu disser sim, o que acontece? (Godofredo Cruz)

"Eu e meu pais nos engajaremos em sua causa e transformaremos suas aspirações em realidade. No entanto, nada podemos sozinho. Você deve fazer sua parte. (O vidente)

"Está bem. Fale-me de você e de seu pai. (Solicitou Godofredo Cruz)

"Eu e meu pai criamos o dito universo que conhecemos hoje. Criamos planetas, astros, estrelas, quasares, buracos negros, as dimensões espirituais, a dualidade luz, trevas e a humanidade que foi o nosso maior feito. Demos às criaturas o livre arbítrio e esta foi a melhor decisão, pois não queríamos servos robôs, queríamos seres com vida e vontade próprias. Mas como tudo tem uma consequência, a humanidade evoluiu tanto que desprezou a Deus. Preferem ser os seus próprios Deuses, autossuficientes, quando não tem gabarito para tal. Em contraponto, meu pai enviou-me novamente para este mundo em busca da humanidade perdida. Quero mostrar através de vocês um pouco do meu infinito amor por ela. Mas é preciso ter fé e crer em meu nome. Você crê? (O vidente)

Godofredo Cruz pensa um pouco analisando a situação. O que estava acontecendo? Tudo na sua vida estava andando muito rápido. Primeiro, a grande maré de azar que o acometera e agora este encontro inusitado com um homem que se declarava o filho de Deus e um grupo de amigos que juntos representavam a escumalha humana, sumariamente ignorados pela dita sociedade digna. Entretanto, aquele homem dera a todos uma oportunidade mesmo sem eles merecerem. Quem era ele realmente? Na sua frente, um mistério grandioso se apresentava. Restava-lhe apenas uma saída: investigar. Com o ânimo renovado, responde à pergunta.

"Eu preciso aprender a crer. Você me ajuda?

"Sim. Com certeza. Obrigado pela confiança. (O filho de Deus)

"Não foi nada. (Retribuiu Godofredo)

"Estou com fome. Jantaremos? (Renato)

"Claro. Nos acompanha, Godofredo? (O vidente)

"Sim. Há um bom tempo que não tenho uma refeição digna. (Godofredo)

"Então vamos todos! (Rafael Potester)

Todos obedecem a ordem do arcanjo. Do pátio dirigem-se a cozinha percorrendo alguns metros. Esta distância não era nada comparada ao esforço do dia. Com ânimo e coragem renovadas, distribuem-se em cadeiras ao redor de duas mesas. Como eram os únicos hóspedes no momento tem toda privacidade possível.

Após acomodaram-se, fazem o pedido (Cuscuz temperado) a funcionária da casa a qual preparará imediatamente o alimento. Na espera, continuam a trocar informações alegremente e fazer planos. Pelo tempo em que estavam juntos, já podiam considerar-se uma grande família, a família do projeto literário o vidente que prometia muita emoção, drama, romance, aventura e suspense aos leitores que a acompanhassem. Continuemos juntos, leitores!

Algum tempo depois a funcionária traz a comida e começa a servi-los. Quando conclui esta tarefa, volta para seus aposentos. O vidente a observa todo o tempo e depois manifesta-se:

"Veem aquela mulher, amigos? Apesar da sua função simples posso garantir-lhe que é muito mais feliz do que muitos barões e suas riquezas. Porque a receita da felicidade é simples, buscar um ponto de encontro entre nossas responsabilidades e aquilo que nos agrada.

"Buscar um ponto de encontro? É exatamente o que preciso desde que percebi a mediocridade da minha vida. Poderia nos dar dicas? (Diana Kollins)

"Claro. No seu caso, Diana, posso exemplificar com uma frase: "Ter uma boa organização fazendo uma lista de prioridades ampla". Às vezes, temos que fazer vinte e quatro horas renderem quarenta e oito para atingir nossos objetivos. Mas nunca esqueça dum detalhe: Faça aquilo que agrada a seu coração. (O vidente)

"Penso que entendi. Estou satisfeita com meu trabalho de sexóloga e professora de inglês mesmo sendo estas profissões mal remuneradas. O que falta é tempo para cuidar do marido, das atividades sociais e de lazer, da vida religiosa e de mim mesma. Falta então uma organização do tempo. (Diana)

"Exato. Estamos aqui para aprender a lidar com isso. (O vidente)

"Está bem. Obrigada. (Diana)

"Por nada. (O vidente)

"E quando o nosso ponto de encontro nos leva para trevas? O que fazer? (Osmar)

"Na vida, temos duas escolhas, Osmar: Ou nos deixamos levar pelo nosso mensageiro e afundamos completamente na escuridão ou negamos ele e buscamos o seio do bem. É tudo uma questão de caráter e de controle. (Aldivan)

"Por muito tempo meu mensageiro me dominou e concretizei coisas imperdoáveis, mas observando o seu exemplo, reanimei-me por completo. Escolhi a luz porque quero viver feliz com meu pai espiritual e seus dois filhos. (Osmar)

"Que bom. Agora é só seguir conosco na aventura e descobrir mais elementos-chave para permanecer neste caminho. Fique à vontade, irmão. (Aldivan)

"Obrigado. (Osmar)

"Eu também pequei muito decepcionando minha família e a mim mesmo. O início do meu ponto de encontro teve te encontrado duas vezes. Na primeira vez fui um vilão e agora sou um convidado. Que honra participar de tudo isso ao lado do filho de Deus pai. (Manoel Pereira)

"Eu que tenho a honra de ter sido um instrumento de Deus para libertá-lo. Quero ampliar esta cobertura para toda a humanidade transviada, especificamente aqueles que me aceitarem. (Aldivan)

"Certamente conseguirá. Sucesso para todos nós. (Manoel)

"Assim seja! (O vidente)

"Eu já vivenciei vários pontos de encontro em minha vida. O mais importante foi ter encontrado alguém tão especial como você. Estou me sentindo viva e com esperanças depois de muito tempo. (Rafaela Ferreira)

"Isto é ótimo, pois é um sinal de melhora. Aliado aos remédios, ajudará a você a superar este momento difícil por completo. Fico feliz por você, amiga. (O vidente)

"Eu creio! Dará tudo certo! (Rafaela Ferreira)

"Aleluia! (O vidente)

"O que falar? Eu e Aldivan nos conhecemos desde pequenos e tivemos várias experiências juntos. Entre nós não há segredos. Nossos pontos de encontro marcaram a minha história, de Mulher que provocou aborto transformei-me em uma mulher digna aos seus olhos. Sinto-me como a Madalena redimida e mesmo que as religiões e o mundo me condenem sei que ao seu lado sempre tem apoio. Por isto o elegi como mestre, irmão e pai. Para mim, não há ninguém tão importante como ele. (Bernadete Sousa)

"Sim, eu me lembro. A nossa infância foi maravilhosa e cheia de surpresas. O tempo passou, nós crescemos e com ele veio as responsabilidades. No entanto, nunca separamos por completo. Transformei-me no homem que sou hoje por você e muitos que passaram na minha vida e garanto que em mim nunca será confundida nem decepcionada. Por você e toda a humanidade é que vivo. Obrigado pelas palavras de carinho e nossa história ainda não terminou. (O vidente)

"Assim seja! (Bernadete Sousa)

"Eu sou um estudioso do espaço. Ao longo dos anos, descobri vários pontos de encontro no universo. Estes pontos são como elos entre as várias galáxias e enxames. A reunião deles forma o todo. Poderia nos explicar o que é o todo, filho de Deus? (Róbson Moura)

"O todo representa a obra do meu pai, a sua alma. Cada componente universal traz em si a fórmula divina e carrega um enigma. Este "Eu sou" desconhecido foi procurado por bilhões de anos pelas criaturas sem sucesso. No entanto, eu como filho divino garanto a concretização deste sonho. Ao final de tudo, o milagre acontecerá. (O vidente)

"Eu não duvido. Desde que conheci, acreditei em milagres. (Róbson Moura)

"Que bom. Milagres acontecem diariamente e os céticos arranjam qualquer explicação para se desviarem dele. Eu, porém, vos digo: "Antes que o mundo acabe, o pai e seu dois filhos virão em uma nuvem de glória. Neste dia, terá chegado o dia do julgamento final". (O vidente)

"Quando ocorrerá isto? (Róbson Moura)

"Em dois tempos e meio. (Aldivan)

"Não entendi, mas obrigado. (Róbson)

"Por nada. (Aldivan)

"A evolução explica muita coisa sobre os seres vivos, mas nem tudo. O que me diz do ponto de encontro dos seres? (Lídio Flores)

"Tudo foi realizado com um propósito e a origem delas é única: O seio do meu pai. A natureza e seus processos de seleção natural fazem sua parte, mas tudo é comandado invisivelmente pelo eterno. O seu ponto de encontro é a matéria e o espírito. (O vidente)

"É isto que é o humano. Bela explicação, vidente. (Lídio Flores)

"Obrigado. Não esqueça de si mesmo. (Recomendou Aldivan)

"Certo. (Lídio)

"Agora, eu quero saber do ponto de encontro de Deus. Como se realiza? (Ramon Gurgel)

"Não é devido aos humanos saber da consistência do meu pai. Javé é espírito e não se sabe de onde vem nem para aonde vai a não ser seus dois filhos e aquele a quem ele quer revelar. (O filho de Deus)

"Nem a um sacerdote? (Ramon)

"Meu pai não classifica as pessoas pelo cargo, poder ou religião. Ele conhece a todos e julga os corações. Onde estiver o puro, aí ele estará. (O vidente)

"Estou impressionado. Parabéns, Aldivan Teixeira Torres, nem eu com todo meu estudo de teologia consigo entender tamanha grandiosidade. (Ramon)

"Como diz o ditado, peça e receberá, bata e abrir-se-á, chore e será consolado. (Aldivan)

"Glória! (Ramon)

"E qual é o ponto de encontro entre o real e o imaginário? (Rafael Gonçalo)

"A nossa mente. Ela é tão poderosa que pode criar outros mundos. Contudo, é necessário ter cuidado para não se desligar da realidade agora. Aqui é o grande celeiro das almas e é primordial na decisão do seu destino. (O filho de Deus)

"A planta e a colheita. Perfeito. (Rafael Gonçalo)

"E qual é o ponto de encontro entre o reino de Deus e o reino terreno? (Arcanjo Rafael)

"Cristo. Através da crucificação, ele redimiu os pecados da humanidade e nos deu vida nova. Ele é o caminho, a verdade e a vida. O caminho é o todo, a verdade é a palavra e a vida é seu sangue. (Aldivan)

"Nunca pensei como Arcanjo eu iria dizer isso, mas aprendi com você, és o filho bendito. (Rafael)

"Posso contar com você nas batalhas espirituais? (Aldivan)

"E ainda pergunta? Eu e meu exército daria a vida por você porque está escrito: "Enviarás teus anjos no seu caminho de modo que não tropeces numa pedra". (Rafael)

""Está escrito". (O filho de Deus)

"E qual o ponto de encontro entre nós dois? (Godofredo cruz)

"Quero descobrir também. Permite que eu o toque? (Aldivan)

"Com que objetivo? (Godofredo)

"Relaxe. Você permite? (Aldivan)

"Sim. (Godofredo)

Os nossos amigos terminam o jantar, Aldivan sente-se feliz e se aproxima da cadeira do apóstolo. Ao chegar de lado, delicadamente estira o braço e toca na mão do amigo. Pode então sentir a sua circulação sanguínea e sua própria vida. A imagem da visão revela-se.

"No exato dia 10/12/1974 nascia Godofredo Cruz no centro da pequena cidade de pombos, interior de Pernambuco. Oriundo duma família de classe média, o menino teve tudo à disposição desde pequeno. Teve a oportunidade de possuir bons brinquedos, ter boas amizades em seu círculo, frequentar uma escola particular com um bom nível de ensino. E foi nesta vida de regalias que o menino cresceu

e tornou-se adolescente. Pouco depois, um jovem e finalmente adulto. No entanto, algo estava para mudar. Um tempo depois, sua mãe adoeceu gravemente, foi internada e por complicação hospitalar veio a falecer. Foi um choque para toda a família que era composto dele, mais dois irmãos e o pai. A partir daí, a vida não foi mais a mesma. Seu pai entrou em crise depressiva profunda e matou-se, a situação financeira complicou-se obrigando seus dois filhos mais velhos a trabalhar, as cobranças começaram a surgir dentro e fora de casa. Insatisfeito com os rumos que tomara sua vida, fugiu de casa e começou a perambular pelas ruas. Neste caminho, conheceu pessoas que o levaram a conhecer o cassino e os jogos. Ele gostou muito deste novo rumo, pois era muito inteligente e sortudo e assim conseguiu ganhar o dinheiro o que lhe permitiu alugar um quartinho numa casa particular. O tempo foi se passando e ele tornou-se o jogador profissional mais respeitado de toda a região. Este ciclo durou cerca de dez anos. Porém, nos últimos meses, tivera prejuízos apesar de sua habilidade. A sua maré de sorte simplesmente acabara e ele estava tendo problemas. Com que dinheiro iria pagar o aluguel e suas despesas pessoais? Foi neste período conturbado período que encontrou com o vidente e seus amigos os quais prometeram-lhe ajuda. Seria possível uma retomada de vida? Continuem acompanhando."

A visão se esvai. Os dois amigos entreolham-se com cumplicidade e o mestre toma a iniciativa:

"Eu vi o mais profundo do seu ser, Godofredo. Eu e meu pai queremos transformar completamente sua vida, de trevas para luz. Basta apenas você confiar em nós. O caminho vai ser traçado.

"Como faço? (Godofredo)

"Venha partilhar conosco desta aventura. Amanhã deixaremos a cidade e partiremos para um novo ponto. Quer vir conosco? (O vidente)

"Eu quero. (Godofredo)

"Ótimo. (O vidente)

"Vá buscar suas coisas. Estaremos esperando. (Rafael Potester)

"Está bem. Eu já volto. (Godofredo)

Godofredo sai apressado da copa e dirige-se à saída. Apesar de sua mente estar ainda um pouco confusa, ele tinha certeza do que estava fazendo. Em busca do destino e da felicidade que o esperava!

Ultrapassado o obstáculo da entrada e saída, nosso novo amigo sai andando pelas ruas da pequena Pombos. Ele olha de um lado a outro e verifica que o movimento é fraco por ser noite e estar em uma pequena cidade do interior. Para um pouco, ajeita seu cabelo, a blusa de seda e segue esperançoso. Tudo ainda estava confuso e embaçado, mas pela primeira vez na vida sentia um fio de esperança no fundo do túnel escabroso que se transformara sua existência. Tinha que dar certo!

Com esta esperança, ele atravessa a esquina, encontra um conhecido e o cumprimenta. Após, despede-se e deseja boa sorte para o companheiro no que é retribuído. Nos tempos bons e ruins, conhecera muita gente e fizera vários contatos importantes. Entretanto, era só cair num momento ruim que todos se escondiam ou fugiam revelando-lhes a sua verdadeira personalidade interesseira. O único que sentia que não o abandonara fora Dona Denise, Deus e agora encontrara seu filho disposto a resgatá-lo. Quem diria que teria uma oportunidade dessas? E o que fizera para merecer isso? Aldivan estava mostrando uma face estranha que não encontrara em nenhum ser humano: O dom da misericórdia, do amor e do perdão sem limites.

Iria tentar sobreviver e viver! Com esta decisão, continua em frente por mais cem metros e aproxima-se do seu destino. No momento, o seu foco principal era em si mesmo e no relacionamento com Deus que há muito tempo esquecera. Como se arrependia disso! Mas ainda havia tempo para uma recuperação.

Em dado instante, apressa o ritmo das passadas, atravessa a frente dumas quinze casas e finalmente alcança a casa em que estava morando. Bate na campainha e cinco minutos depois é atendido pela dona de casa. Cumprimentam-se normal, ele adentra no recinto e avisa que vai viajar. A dona Denise fica preocupada, mas ele explica que volta logo, uma viagem de compromissos. Ela se acalma e então ele vai a seu quarto. Como a casa era pequena, em poucas passadas ele sai da sala, alcança o corredor e entra no segundo quarto. Lá, usa de sua habilidade para arrumar sua mochila colocando os objetos essenciais nela e o faz num tempo recorde de vinte minutos. Arruma um pouco seu visual, pega a mochila, sai do quarto, faz o caminho de retorno e antes de sair despede-se finalmente por gratidão. Dona Denise era um anjo em sua vida, uma segunda mãe, que compreendera sempre suas dificuldades. Torcia sinceramente pela felicidade dela e sabia que o sentimento era recíproco.

Saindo da casa, ele resolve pegar uma moto, pois já estava ficando tarde. Na esquina, encontra uma delas, informa o endereço ao guia, sobe na garupa sendo dada a partida. Desenvolvendo uma boa velocidade, o condutor lhe proporciona um misto de sentimentos que ultimamente não sentia: medo, nervosismo, precaução, o vento batendo no rosto e um gostinho de liberdade. Sentir-se livre para voar era algo impagável e surpreendente. Como era bom viver apesar de todos os desafios?

Fazendo praticamente o mesmo percurso que fizera a pé, o condutor o deixa em frente a pousada Pombal. Agradecido, ele desce da moto, paga a corrida e despede-se. Fica estático por um instante. Agora não teria para onde correr, iria enfrentar seu destino e as consequências de sua escolha. Que fosse o que Deus quisesse!

Seguindo, ele entra pela porta que estava entreaberta. Alcançando o pátio, informa-se com a dona do estabelecimento sobre seus amigos sendo informado. Do pátio ele vai para a copa. O pequeno percurso é concluído em poucos passos sendo recebido amigavelmente por todos. Rafael Potester e Renato o ajudam a se alojar num dos quartos e depois reúnem-se com o restante da turma. Eram ainda 20:00 Horas e eles aproveitam o restante da noite para conversar, assistir filme na Televisão, escutar uma boa música e observar o céu estrelado de Pombos. Mais tarde, finalmente vão dormir, pois, o dia fora realmente intenso. Um boa noite a todos. Continuem acompanhando nossos célebres personagens.

Vitória de Santo Antão

A noite e a madrugada transcorrem na normalidade à exceção de alguns barulhos nas ruas e pesadelos de alguns integrantes do grupo, mas algo totalmente superado. Amanhece surgindo um sol com vigor ajudando no despertar de todos.

Um a um, os integrantes de trabalho do vidente vão levantando de seus leitos e iniciando suas atividades matinais que incluem tomar banho, escovar os dentes, lavar o rosto, fazer a barba(homens), trocar o absorvente (Mulheres), cuidar do cabelo, pele e roupa. Com tudo concluído, reúnem-se na copa onde estipulam o tempo de desjejum em trinta minutos. A refeição já estava preparada e eles têm apenas o trabalho de servir-se, acomodar-se em assentos e começar a alimentar-se.

Inicia-se assim mais uma atividade e eles aproveitam para abastecer suas energias por completo, pois o depois era incerto. Tudo poderia acontecer naquela viagem sem precedentes que se iniciara através duma mensagem de Javé. Uma mensagem direcionada a seu filho amado.

Seguindo este filho, eles esperavam ter suas questões pessoais atendidas e tomar um novo destino. Cada um deles de alguma forma encontrava-se insatisfeitos com os rumos atuais de suas vidas. Vidas que foram engolidas pela sociedade, em nome de uma falsa moral e um pudor questionáveis. Afinal, quem não erra? Quem nunca teve dúvidas ou medo diante do desafio de tomar decisões importantes? Ninguém, absolutamente ninguém, tinha o direito de condená-los, mas mesmo assim não deixaram de ser julgados e discriminados pelas pessoas, exceto uma, "O filho de Deus" o qual abraçara, confiara, acolhera e dera uma nova oportunidade a todos. Por isto Deus o ama tanto.

Este mesmo filho de Deus que se encontrava diante deles. Mesmo sendo tão importante, não parava de pensar em seus irmãos e na melhor forma de conduzir os trabalhos. Tudo tinha um porquê e girava em torno dum eixo central: "O eu sou" de cada um deles precisaria ser reconstruído e despertado de uma vez por todas. No momento que isto acontecesse, aconteceria o grande milagre.

Estar ali também já era uma grande benção para todos. Ao longo dos dias, o entrosamento aumentava mais e as diferenças tornavam-se menores tornando a máxima "A união faz a força" mais praticável. E a cada novo membro que se integrava, o leque expandia-se. Aonde chegariam? Só o tempo responderia a esta e mais outras questões pertinentes.

Em busca de solucionar seus problemas, eles apressam-se e conseguem terminar o desjejum no tempo previsto. Pagam a refeição, a hospedagem, retornam aos quartos, pegam seus pertences e procuram a saída. Em fila vão saindo da pousada Pombal, saem às ruas e orientados por Godofredo Cruz seguem sentido rodoviária. Como tudo ali era perto, não demorariam chegar.

No caminho, percorrem o centro urbano da cidade com seu comércio modesto e casario simples. No entanto, tudo era tão metricamente traçado que ficam encantados. Pombos tinha como atrativos adicionais a tranquilidade, o ar puro, a amabilidade das pessoas e o relevo particular. Quem nunca ouviu falar da famosa serra das russas? Por décadas e até hoje era conhecida por sua periculosidade e imponência. Mas os nossos amigos perderam o medo ao enfrentá-la nos túneis ferroviários entre às duas últimas cidades. Por este motivo já podiam considerar-se vencedores independentemente do que acontecesse daqui para frente.

A caminha curta dura doze minutos. Neste instante, nossos amigos acabam de chegar ao pequeno terminal rodoviário da cidade. Vão à bilheteria, compram a passagem referentes a lugares vagos no próximo ônibus com destino a Vitória de Santo Antão, à terra da cachaça, e começam a esperar.

Em dez minutos, o meio de transporte chega e todos embarcam acomodando-se nas primeiras poltronas. Imediatamente, é dada a partida. Em busca de novas emoções. Numa grande velocidade, o veículo alcança a Rodovia BR 232 e segue ininterruptamente.

Seriam apenas catorze quilômetros a serem percorridos o que era realmente pouco comparado ao total da maratona que já incluía dez cidades e partia para a décima primeira.

A cidade habitada por cerca de cento e trinta e cinco mil pessoas e possuindo uma área de 372,637 km², localizava-se na mesorregião da mata pernambucana. Tinha como característica ser uma cidade industrializada servindo de sede para grandes empresas multinacionais de diversos setores e aliada um comércio pujante tornavam Vitória praticamente independente da capital que distava cinquenta e cinco quilômetros. O IDH de vitória era de 0,640 o que era considerado médio para os padrões brasileiros.

Além de estes atributos, vitória tinha uma importância histórica o que atraía mais a atenção de nossos amigos. Eles queriam chegar quanto antes na cidade e descobrir coisas novas. Este pedido interno dos nossos colegas parece ser compreendido pelo condutor do ônibus. Apressando o ritmo, eles avançam tão rápido que quando menos esperam já visualizam a cidade e pouco depois tem acesso à entrada da cidade. Foram gastos apenas doze minutos entre às duas localidades.

Das margens da movimentada rodovia dirigem-se ao centro e no caminho até lá enfrentam um tráfego razoavelmente movimentado, com carros circulando de um lado e de outro. Por sua importância regional, Vitória concentrava um bom movimento de veículos e de pessoas.

Circulando de um lado para outro, terminam por gastar um tempo igual ou superior ao gasto na pista pela redução da velocidade, pelo movimento e por precaução apesar de o percurso ser bem menor. Mas o mais importante era que estavam bem e em paz. Graças a Deus!

Como de praxe, o ônibus faz uma parada no terminal rodoviário local e a partir daí os passageiros que tomassem o seu rumo. Foi o que nossos amigos fizeram: desceram do ônibus, contrataram um serviço de táxi que os deixaram na entrada dum hotel confortável conforme foi solicitado. Pagaram o frete, pediram o contato telefônico dos condutores, despediram-se e avançaram sentido a uma das entradas do prédio imponente. Alguns passos depois, já entraram no primeiro cômodo e pegam uma fila para cadastramento. Um a um, vão preenchendo um formulário com seus dados pessoais e feito este procedimento, são liberados os quartos com as respectivas chaves. São alugados quatro quartos que seriam divididos em relação ao gênero e empatia.

Dirigem-se do primeiro cômodo, o saguão, até os quartos que localizavam no primeiro andar. A subida nas amplas escadarias é mais um esforço desprendido, mas quando comparado a outros era uma grande moleza. Na subida, os homens ajudam gentilmente as mulheres a carregarem as malas.

Ao final das escadarias, surge um corredor e os quartos localizam-se de um lado e de outro. Cada um, procura os seus conforme a orientação recebida. Em questão de instantes, já tem acesso aos dormitórios. Os locais são bem decorados, equipados com modernas comodidades e amplos. Em relação á acomodações, não teriam do que reclamar.

Após guardarem seus objetos pessoais e descansar um pouco, saem dos quartos e reúnem-se novamente a mando do Arcanjo Rafael Potester. Fica decidido por unanimidade um passeio na zona urbana. Escolhem um ponto turístico importante, ultrapassam um dos portões de saída e vão andando auxiliado por mapas e informações dos locais.

Enquanto caminham, vão conhecendo um pouco mais da cultura, arquitetura e do povo local que era bastante simpático. Como o percurso era longo, fazem algumas paradas estratégicas: numa Igreja para orar, numa loja com produtos sortidos e numa loja onde tomam sorvete. A partir deste último ponto, caminham mais um pouco e já chegam ao destino após terem percorrido 2,5 km (Dois quilômetros e meio) a pé. Estão diante do Instituto Histórico e Geográfico de Vitória, cartão postal da cidade, o qual servira para hospedar a família imperial (Dom Pedro II e Dona Teresa) no ano de 1859, numa visita ao estado. O prédio fora erguido em 1851 e possui revestimento em azulejo decorado. Atualmente, é sede de uma sociedade civil de caráter cívico e cultural sem fins lucrativos fundada em dezenove de novembro de mil novecentos e cinquenta (19/11/1950).

Repletos de curiosidade, eles rapidamente dirigem-se a entrada que estava aberta à visitação. Ultrapassando o obstáculo com outras pessoas, eles entram nesta construção antiga e histórica. O primeiro setor a ser visitado é o setor da imprensa onde tem uma breve apresentação e arranjam um guia para acompanhá-los. Ela é uma mulher morena, esbelta e jovem chamada Katherine Caldas.

Katherine os leva para o próximo setor a ser visitado, o setor antropológico com artefatos referentes ao carnaval, pastoril natalino, Mamulengo, modelo de diversas categorias de casa, objetos de barro, roupas típicas, informações sobre danças, etc. Ela começa a explicar:

"Temos aqui um pouco de nosso folclore, nossa cultura. Tudo foi pensado de forma que o visitante se familiarize com o local.

"Ótimo. Há quanto tempo trabalha aqui? (o vidente)

"Desde quando saí da cadeia, há cerca de dois anos. (Respondeu ela)

"Sinto muito. Deve ter sido uma barra. (O vidente)
"Não tenha pena. Eu mereci. (Katherine)
"Você foi presa por quê? (Renato)
"É algo particular e não vem ao caso agora. Podemos continuar o passeio? (Katherine)
"Claro, à vontade. (O vidente)

Katherine ficara irritada com o súbito interesse dos visitantes por sua vida pessoal. O que eles tinham a ver com isso? Era preciso separar o profissional do pessoal para não criar conflitos. Volta a andar com eles em direção ao próximo setor. Chegam ao setor gráfico onde tem acesso a periódicos que remontam ao século XIX como também aos atuais. Após uma análise cuidadosa do material e discussão entre eles partem para outro setor.

O terceiro setor a ser visitado é o de arte sacra onde se localiza o museu sacro. São gravuras, esculturas e pinturas relacionados à religião que naquela época era predominantemente católica. Impressionam-se com a delicadeza, a rispidez e o conteúdo dos objetos. Passam um curto período neste espaço e avançam em direção a outra repartição.

São alguns passos até chegarem no próximo setor, o setor de cana-de-açúcar neste ambiente, relacionado ao principal produto da região, encontram-se a moenda de cana, troncos de escravos, destiladores de aguardente, engenhoca de produzir rapadura e formas de pão de açúcar. Tudo é muito novo para a maioria dos que estão ali e Katherine faz questão de explicar todas as descrições e fatos detalhadamente.

Deste setor partem para o último, que ficava do lado. Trata-se de um espaço amplo, bem arejado e confortável que abriga a mais importante biblioteca da região com cerca de oito mil exemplares. O local era sempre bem movimentado com a visita de estudantes de todos os lugares próximos e excepcionalmente agora abrigava nossos amigos sonhadores.

Katherine os acompanha a todo momento, chega numa estante de livros, tira um exemplar e mostra a todos:

"Este foi o livro que mais me emocionou. Trata de um jovem sonhador que em busca de seus sonhos procura uma montanha onde no topo localiza-se uma gruta majestosa, capaz de tornar o impossível possível. Escalando a íngreme montanha, encontra a guardiã (Uma mulher misteriosa dotada de incríveis poderes) e ajudado por ela realiza desafios que o credenciam a entrar na gruta mais perigosa do mundo. Adentrando na mesma, ele vai avançando cenários e enfrentando perigosas armadilhas. Com suas especiais habilidades, consegue chegar na câmara secreta e lá é abençoado. Transforma-se no vidente, um ser superdotado e especial, onisciente através de suas visões com o dom de compreender os corações mais confusos. Já realizado, sai da gruta, reencontra a guardiã e com outro menino chamado Renato é enviado numa missão ainda mais impossível: "Solucionar injustiças, ajudar alguém a se encontrar e reunir as forças opostas que se encontravam desequilibradas". Seria possível o sucesso? Em trinta dias num bucólico povoado chamado Mimoso eles encontram respostas para seus anseios.

"Este é o primeiro título da minha série e chama-se" forças opostas ". Espero a partir daí alcançar objetivos mais altos. (Aldivan)

"Você é Aldivan Teixeira Tôrres, o famoso filho de Deus? Eu não acredito! (Espantou-se Katherine caldas)

"Sim, em carne, osso e espírito. Fico feliz em saber que gostou do meu livro. (Aldivan)

"E eu sou o Renato, agora um pouco mais crescido.

"Que maravilhoso! Meus ídolos! Nunca pensei que um dia teria o prazer de encontrá-los. (Katherine)

"E estes outros são meus amigos que participam da quinta saga. Convido-a pessoalmente para nos acompanhar se seus afazeres permitirem. (O vidente)

"Eu? (Katherine)

"Sim, acredite. (Renato)

"Seria uma honra. Mas, porque o interesse? (Katherine)

"Sinto que você precisa de mim. Se meu livro te tocou a ponto de você elogiar meu trabalho, consideremos isto um sinal. Que tal se fizermos uma experiência? (O filho de Deus)

"Penso que estou entendendo. Qual seria o próximo passo? (Katherine)

"Poderia nos levar a um lugar que a marcou bastante? (Aldivan)

"Vejamos. Penso que sei dum local. Tenho bastante tempo. Meu expediente acabou. (Informou Katherine)

"Então. O que estamos esperando? (O vidente)

"Vamos! (Rafael Potester)

"Claro. Acompanhem-me. (Katherine Caldas)

Os agora catorze componentes do grupo saem da biblioteca e encaminham-se a saída. Ultrapassando a porta de entrada e saída, encontram novamente às ruas e começam a caminhar. Estavam em busca de novas emoções. Boa sorte a todos!

Do bairro matriz onde estavam dirigem-se ao livramento. Seriam cerca de dois quilômetros e meio de distância a cumprir e começam a fazê-lo com toda alegria e disposição possível. O que os movia? Certamente a sede de conhecimento e a expectativa do futuro eram bons motivos.

No percurso entre os dois bairros, tem a oportunidade de conhecer um pouco mais da capital da cachaça: sua arquitetura histórica, sua indústria e comércio, as pessoas e a si mesmos. Tudo estava valendo muito a pena até o momento, pois a viagem trouxera inúmeros benefícios em todos os sentidos.

Ao final do caminho, Katherine os leva para um local importante: A praça do Leão Dourado, especificamente no monumento do Leão Dourado, uma escultura que representa um guerreiro coroado de louros subjugando possante leão (Ao derredor da escultura, um ajardinado incrível):

"Esta escultura sempre me tocou de tal maneira que fico sem palavras. Nestas horas, sinto orgulho de ser brasileira e pernambucana. (Katherine)

"Fico feliz. Também me sinto tocado por esta escultura. Quantas vezes não tive que derrubar e enfrentar leões poderosos? Com a ajuda do meu pai, pude superar todas as dificuldades. (Aldivan)

"Maravilha! Quero aprender também a ser assim. (Katherine Caldas)

"Terei prazer em ajudá-la. (O vidente)

"Obrigada. (Katherine)

"Qual é a história que esta escultura encerra? (Renato)

"Ela homenageia o ilustre Pernambucano José de Barros Lima, militar do exército. Conta a história que em 1817 ele recebeu voz de prisão do comandante do seu regimento por aderir à causa republicana. Em vez de acatar a ordem, ele ignorou-a, sacou a espada e matou o comandante. Episódio este que deflagrou a revolta pernambucana de 1817. Quando as forças imperiais sufocaram o movimento, foi preso, condenado à morte e enforcado. Entrou para a história como um herói. (Katherine)

"Mais um mártir. Será que tudo isso era necessário? (Renato)

"Sim, Renato. A história mostra que nada se alcança com muita luta e infelizmente sangue. É uma forma de chocar" explicou o vidente.

"Está bem. Mesmo assim é triste. (Renato)

"Eu também me sinto assim. E vocês, como se sentem diante desta escultura e desta história? (Katherine)

"O leão na minha vida representa a minha família que me abandonou sem motivos. (Bernadete Sousa)

"Tenho que enfrentar um poderoso leão que se chama depressão e a mim mesma. (Rafaela Ferreira)

"Eu sou meu próprio Leão e totalmente responsável pelas consequências dos meus atos. A bravura e a história deste guerreiro me inspiram a continuar lutando. (Osmar)

"As drogas e a criminalidade são dois leões perigosos que me consumiram por muito tempo e destruíram quase por completo a minha vida. Esta escultura me inspira esperança o que me ajuda a fazer um paralelo com a situação atual comandada pelo mestre. (Manoel Pereira).

"O leão é meu próprio medo e ignorância. O guerreiro é a forma ideal para lutar contra eles e é algo que ainda estou aprendendo. (Róbson Moura).

"O leão representa meus fracassos e decepções. O homem na minha vida é o meu "Eu sou" que tenho que despertar. (Lídio Flores)

"O homem é a minha forma de observar o mundo. Quando agimos corretamente, fica fácil domar nossos leões. (Diana Kollins)

"O leão é o pecado e o diabo. O bom cristão deve ser como o homem, um guerreiro, e, caso não tenha forças para lutar sozinho deve pedir socorro e é o que estou fazendo agora. (Ramon Gurgel).

"O leão é minha fraqueza, minha doença e o homem é nosso Senhor Jesus cristo que com sua bravura opera milagres. (Rafael Gonçalo)

"O leão é o azar e a displicência. O homem representa a inteligência e a astúcia, quero ser sempre como o homem. (Godofredo Cruz)

"O leão pode ser também a dúvida ou hesitação. Por isto, eu vos peço, Katherine, não deixe esta oportunidade passar. (Rafael Potester)

"Está bem. O que faço? (Katherine)

"Deixe-me tocá-la para que eu a conheça melhor (interveio o vidente)

"Está bem. Eu aceito. (Katherine)

Com o sinal positivo, o vidente aproxima-se de sua nova serva e com um toque de mão delicado na sua orelha direita tem uma breve visão sobre sua história:

"Katherine nascera para matar ou morrer. Nascida numa família recheada de problemas composta por um pai ladrão, uma mãe canibal de cadáveres e irmãos prostitutos poderia dizer que ela não tinha bons exemplos. Desde pequena, foi lhe ensinado as artes do crime e desde que virou adolescente começou a praticá-los Era à mais famosa e temida matadora de aluguel da região.

No entanto, esta vida de crimes numa tenebrosa e imprevisível noite escura da alma, trouxe-lhe diversos problemas: intrigas, perseguições, ódio, medo das pessoas e incompreensão. Mal dava um passo fora de casa e era apontada como um demônio e fera perigosa. Ela sabia merecer estes adjetivos, mas o que ninguém sabia era o que residia em seu coração, pois coração é terra que ninguém anda.

Um dado dia, foi pega em flagrante, presa e levada a um presídio onde foi jogada numa sala fétida e escura. Na cela de número três (onde ficara) entrou em contato com dois homens, pastores de almas. Dia após dia, conversou com eles enquanto trabalhavam ou fazia qualquer atividade. Eles apontaram seus erros, mostraram caminhos e um Deus que não conhecia. Com isso, foram conquistando a confiança dela. E assim o tempo foi se passando. Três anos depois, sua liberdade provisória foi decretada e no dia de despedir-se dos seus amigos não os encontrou. Informando-se com a carcereira, perguntou sobre eles e a resposta a assombrou, nunca ela tinha visto e ouvido semelhantes personagens. O que acontecera? Fora um sonho, uma ilusão, ou produto de sua mente? Seja o que fosse, mudara completa-

mente sua visão de mundo. Prometera a si mesmo que não voltaria a matar jamais." A vida pertencia a Javé e somente a ele cabia decidir sobre ela".

Saindo da cadeia, conseguiu arranjar emprego e morada. Gradualmente, foi reorganizando sua vida. Dois anos depois deste fato, encontrou o vidente, sua equipe e o encontro lhe despertaram novas emoções e estava disposta a investigar a fundo isso. Boa sorte para ela!"

O fim da visão proporcionou uma rápida troca de olhares entre o mestre e a apóstola. Entre os dois se estabelece um tipo de magnetismo e união recíproca. Enquanto a apóstola prometia internamente encontrar novos rumos o mestre lhe transmitia confiança e acolhimento. Eram duas faces de moedas distintas a ponto de se fundirem em nome de Deus pai. Como era maravilhosa esta química.

O primeiro toma a iniciativa:

"Eu a vi, querida Katherine. Conheço a fundo sua história e quero dizer que não a condeno. Diferentemente da maioria das pessoas, você soube reconhecer os sinais do pai e aceitá-los. A minha missão agora é esclarecer melhor as questões espirituais relacionadas ao meu reino e encaminhá-la para um futuro cheio de realizações. Você me permite?

Katherine, totalmente decidida, não se permite nem pensar. Já tivera provas suficientes em relação a Aldivan e seus amigos. Em Dado instante, ajeita sua longa cabeleira e prepara-se para responder:

"Você é o primeiro que não me condena. Realmente, não tenho dúvidas que és um ser especial, o filho de Deus pai. Só alguém com tamanha grandeza consegue entender meu coração. Antes de conhecê-lo, eu vivia carregando um peso insuportável de culpa mesmo tendo pagado minha dívida na justiça dos homens. No momento, porém, sinto-me totalmente livre. Quero entregar meu corpo e alma para ti e seu pai, pois foram os que me criaram.

"Não vai se arrepender nem os outros. Meu reino é um governo de justiça, equidade, democracia, respeito, liberdade, compreensão e amor. Nele, os servos dedicados vão brilhar refletindo a luz do pai e seus dois filhos. Todos serão um só através do fenômeno da comunhão.

"Assim seja. Muito obrigado pela oportunidade! (Katherine Caldas)
"Por nada. Eu que agradeço a confiança. (O vidente)
"Vamos, pessoal? O tempo urge. (Alertou Rafael Potester)
"Vamos! (Concordou o filho de Deus)

O tempo do passeio havia acabado. Comandados pelo mestre, nossos amigos afastam-se da praça e chegando na outra rua, um deles tem a ideia de ligar para o serviço de táxi. Quinze minutos depois, eles chegam e todos adentram nos veículos acomodando-se. É dada a partida no percurso de volta rumo ao hotel. Todos concordaram que esta fora a melhor escolha, pois o cansaço no momento era brutal.

Enquanto avançam a bordo dos veículos nas ruas da cidade histórica, palco de um dos mais importantes levantes já ocorridos, os nossos amigos têm a ligeira impressão de que se aproximam do objetivo. Cada cidade e cada personagem a mais era como uma peça de quebra-cabeça a qual encaixava-se perfeitamente no desenrolar da trama. O que faltava acontecer? Certamente mais surpresas escondiam-se e estavam prontas para revelar-se.

Prestando atenção a cada detalhe, o filho de Deus analisa a sua trajetória até ali e os próximos passos a serem dados. Mais do que nunca, era preciso paciência e dedicação ao máximo para que resultados concretos viessem à tona. Tudo podia ser ou não ser conforme a forma em que agissem. Porém, sua fé permanecia intacta. A única coisa que o incomodava era a perda de seu inestimável Arcanjo Uriel. Onde ele estaria?

Sem resposta do seu pai para este problema, a única alternativa era esperar o desenrolar dos acontecimentos. E que viessem boas novas! A primeira que aparece instantaneamente é a conclusão do percurso. Os táxis deixam todos no hotel e após o pagamento da corrida vão embora. Agora estavam novamente sós.

Da descida da rua até a entrada do hotel, são apenas alguns poucos metros que são cumpridos facilmente. Ultrapassando a porta, dirigem-se imediatamente a copa, pois já era quase meio-dia e a fome era uma constante geral.

Alguns instantes depois, já alcançam o objetivo e se põem na fila de modo a servir-se. Como o hotel era de uma boa categoria, encontram-se disponíveis variados tipos de alimentos: carnes, verduras, legumes, massas, frutas, doces e cereais. Cada qual vai avançando na fila, chega juntos aos alimentos e enchem os pratos de acordo com sua preferência. Concluída esta etapa, distribuem-se nas mesas disponíveis.

Alguns comem em silêncio, outros preferem puxar conversa. O importante era que este era um momento sagrado onde todos podiam relaxar. Longe dos perigos, dos medos, da incompreensão e dos maus olhos. Ali, havia uma mistura do divino e humano que se completavam. Como era bom sentir isto.

O almoço dura cerca de quarenta minutos. Ao fim desta operação, nossos amigos reúnem-se novamente e fica decidido que iriam retomar a viagem. Katherine caldas encaminha-se a sua casa para arrumar suas malas e os outros cuidam dos detalhes burocráticos no hotel. Tudo tinha que ficar perfeito.

Quando tudo é resolvido, nossos amigos encontram-se novamente e saem do hotel. Fora do estabelecimento, ligam novamente para os táxis nos quais são quase prontamente atendidos. Daí partem para a rodoviária. Uma nova história esperava para ser escrita. Continuem acompanhando, leitores.

Moreno

Dez minutos depois, eles chegam no terminal rodoviário, mas no momento em que se dirigiram ao guichê de atendimento, eles têm uma péssima notícia: O último ônibus com destino a Moreno já havia partido. O fato trouxe desânimo e desespero para todos. O que fazer agora? A única saída que restava era tentar encontrar um transporte alternativo.

Pesquisando no terminal e nas redondezas conseguem encontrar uma carona felizmente. Um caminhão cujos únicos lugares disponíveis eram na parte traseira da carroceria. Mesmo alguns reclamando, esta era a única saída.

Um a um, foram subindo no caminhão e as mulheres têm ajuda extra. Com todos acomodados, o meio de transporte parte. Numa velocidade regular, atravessam boa parte da cidade tendo acesso à movimentada BR

232. A partir daí, a viagem torna-se uma grande aventura: ultrapassagens perigosas, vento constante, solavancos gerais. O fato traz lembranças antigas, guardadas carinhosamente pelo vidente nos seus tempos de colegial. Quantas vezes não passara por isso? Como estudante não tinha dinheiro e tinha que encarar diariamente os problemas de transporte. Ainda bem que vencera!

Algum tempo depois, ultrapassam a metade do percurso e nada de ruim acontecera. Restavam onze quilômetros e meio e como a pista estava mais vaga chegariam mais rápido. Eles não perdiam por esperar.

Na segunda parte do percurso, não havia nenhum problema que atrapalhasse a viagem até o momento. Avançando celeremente, eles vão se aproximando do próximo destino: A bela e também histórica cidade de Moreno.

Fazendo parte da Mesorregião Metropolitana do Recife, a cidade possui uma área de 195,603 km² e uma população de 60 453 habitantes (2014). Suas principais atividades econômicas desenvolvidas são a agropecuária e o comércio. Moreno dista vinte e sete quilômetros da capital e seu IDH é 0,652.

A história do município está ligada ao ciclo canavieiro (contando com trinta e nove engenhos) e ao período da industrialização (Vila operária, mercado público, estação ferroviária e prefeitura). Atualmente, é um dos municípios integrantes ao entorno da capital dependente em grande parte da sede.

Em dado momento, o caminhão acelera e alguns instantes depois eles já têm acesso à cidade através da ligação com a rodovia. Das margens da rodovia eles partem em direção ao centro. Por ser de porte médio, eles enfrentam um trânsito regular o que lhes permite alcançar o objetivo em pouco tempo. O motorista do caminhão para numa das avenidas principais e eles descem satisfeitos. Afinal, estavam no lucro, pois perderam a última condução para o local.

Na avenida, informam-se com algumas pessoas e eles indicam uma casa que fazia um trabalho de hospedagem. Por sorte, ficava próximo dali e eles não teriam que esforçar-se tanto. São apenas trezentos metros do ponto em que estavam até o local referido e que são cumpridos rapidamente.

Estão diante duma casa comum, simples, estilo bangalô, 15 × 6 metros, com uma porta de entrada e quatro janelas laterais. Pelo feitio da casa, percebia-se que era uma construção antiga com no mínimo um século de idade.

Educadamente, eles se aproximam da porta e ao chegar junto dela, um deles toma a iniciativa e bate delicadamente três vezes nela. Ouvem um barulho de passos aproximando-se e esperam um pouco. A porta é aberta.

De dentro da casa, surge a figura de uma mulher robusta, morena, cabelos curtos, faces bonitas e esticadas, quarenta anos em média, pernas grossas, quadris regulares, peitos médios, usando uns óculos escuros. Podia-se dizer que era uma figura mediana em relação ao padrão de beleza. Ela então entra em contato:

"Boa tarde, senhores. Meu nome é Rubiana Moreira e sou a dona da casa. O que desejam?

"Procuramos um local para hospedagem. Ainda tem vaga? (O vidente)

"Temos dois quartos vagos. É o suficiente? (Rubiana)

"Bem, acredito que é o mínimo. Aceitamos. (O vidente)

"Então entrem. A casa é vossa. (Rubiana)

"Obrigado. (O vidente)

Arreganhando a porta, a anfitrião permite a passagem de todos. Seguindo-a, nossos anfitriões passam pela sala e vão para os quartos. Aí, cada um vai ajeitando suas coisas. Quando está tudo pronto, voltam a reunir-se na sala que é equipada com dois sofás, cadeiras, centro, esculturas, estante, cortina e quadros na parede. Cada um, procura um lugar disponível para sentar. O chefe do grupo volta a entrar em contato:

"A senhora mora só?

"Sim. Desde que fiquei doente tenho estado só exceto a companhia dos hóspedes. (Rubiana)

"Que doença? Posso saber? (O vidente)

"Tenho um problema genético que afeta gradualmente a visão. Atualmente, estou com apenas quarenta por cento em cada globo ocular. (Informou Rubiana)

"Sinto muito. Posso a ajudar em algo? (O vidente)

"Por enquanto não. Obrigada. (Rubiana)

"Está bem. (O filho de Deus)

"Poderia nos informar sobre alguns pontos importantes da cidade? (Solicitou Rafael Potester)

"Quase nenhum. Em relação à questão histórica, temos os engenhos. (Rubiana)

"Penso que não é nosso foco, não é vidente? (Rafael Potester)

"Não. Nem temos tempo para isso. Acredito que já encontramos o que procurávamos. (O vidente)

"Será? (Indagou incrédulo Rafael)

"Tomara! (O filho de Deus)

"Penso que a senhora não devia desprezar o Aldivan. Sabe, ele já ajudou muita gente. (Rafaela Ferreira)

"Aldivan é este jovem que falou primeiro comigo? Quem é ele e quem são vocês? (Rubiana)

"Sim. Eu sou a Rafaela Ferreira.

"Eu sou o Renato.

"Meu nome é Osmar.

"Lídio flores.

"Manoel Pereira.

"Bernadete Sousa.

"Rafael Gonçalo.

"Sou o Rafael Potester.

"Sou o Ramon Gurgel.

"Godofredo Cruz. Prazer.

"Diana Kollins.

"Chamo-me Róbson Moura.

"Sou a senhorita Katherine Caldas.

"Prazer é todo meu. Bem, Rafaela, como vê, eu sou uma pobre deficiente, condenada a viver na escuridão. Não há ninguém neste mundo capaz de me ajudar. (O vidente)

"Eu também pensava assim como você, mas meu encontro com o filho de Deus transformou completamente minha vida. Hoje, tenho esperanças. (Rafaela)

"Interessante. Aldivan, meu querido, o que podes fazer por mim? (Rubiana Moreira)

"Tudo depende da extensão da sua fé. Não sou eu que faço, mas meu pai que mora em mim. (Declarou o filho de Deus)

"E seu pai poderia ter piedade de mim e curar-me? (Rubiana)

"É possível. Dependendo de seus méritos e de sua fé. Ele te chama agora para viver um tempo novo, junto de mim, e se te entregares completamente sua vida, suplicarei por você. O que um pai não faz pelo filho? Apesar de não estarmos mais no tempo de milagres garanto que o impossível pode tornar-se possível, pois ele é o Deus verdadeiro que criou o mar, os céus, os planetas, as criaturas, enfim, tudo o que existe. Basta você confiar! (Aldivan)

"Suas palavras são edificantes. Eu não esperava a esta altura da vida que alguém se importasse comigo. (Rubiana)

"Eu não só me importo como também a amo. Este amor estende-se a toda a humanidade mesmo que ela não mereça. O motivo disso é porque "Eu sou". (Aldivan)

"Eu não sei explicar, amigos, mas eu creio! Vejo neste homem um pai que nunca tive, amoroso e prestativo. Glória a Javé por nos ter enviado o seu filho. Eu sou uma pecadora, mas se esta luz que vejo agora me iluminar pelo resto da vida serei feliz. Glória! (Rubiana)

"Bendita sejas tu e todos aqueles que acreditarem. Pior que a escuridão do corpo é a escuridão da morte e garanto que está você nunca experimentará. Por Javé, meu pai, tudo lhe será concedido. (O filho de Deus)

"Assim seja. (Rubiana)

"Veem, meus queridos servos? Esta mulher mal me conheceu e já crê completamente em meu nome. Quanta fé! Por esta fé, eu lhe digo: esteja curada em nome do meu pai, o Alfa e o ômega, e pelo nome dos seus dois filhos.

Um instante de silêncio se seguiu. Rubiana Moreira sente uma coceira nos olhos, tira os óculos e os esfrega. Ao término desta operação experimenta sua acuidade e fica maravilhada. Não, não podia ser real! Podia ver perfeitamente a todos e especificamente acha o filho de Deus lindo. Era lindo por fora e por dentro que era o mais importante. Um milagre! Que seja bendito o nome de Javé!

Como forma de agradecimento, ajoelha-se diante do seu mestre, mas é impedida por ele. Não! O único que merecia adoração era Deus. O filho era apenas um instrumento divino colocado na terra para ajudar as pessoas a reencontrarem o caminho do pai. Ele faria o bem sempre independente de quem fosse a pessoa, pois para ele todos eram iguais. Cumpre assim a máxima de que Deus dá sol e chuva para bons e maus.

O filho de Deus ajuda a Rubiana levantar-se e quando seus olhares se encontram ele pode observar no fundo dos seus olhos a sua história:

"Rubiana Moreira nascera e crescera numa família independente. Nela, desde cedo, cada um tinha uma função importante. Enquanto os pais e filhos maiores trabalhavam os menores estudavam. No ambiente familiar, havia respeito, amizade, amor e sobretudo compreensão. Foi assim que ela cresceu cheia de valores.

Ao completar dezoito anos, arranjou seu primeiro emprego como digitadora. O trabalho lhe servia de distração, estímulo e ajudava nas contas de casa. Neste mesmo período, ingressara na faculdade de letras que era seu sonho. Tudo estava correndo bem.

Um ano depois, começou a sentir fadiga corporal e ocular. Inicialmente, pensava que era devido ao excesso de atribuições e não deu muita importância. Entretanto, com o agravamento dos sintomas marcou consulta com o médico.

Na consulta, após revelar seus sintomas e passar por uma bateria de testes constatou-se que era portadora duma anomalia grave que pouco a pouco iria deixar-lhe cega. Ao saber desta notícia, houve um choque inicial e posterior acomodação. O que fazer agora?

Rubiana Continuou a sua vida normal, trabalhando e em severo tratamento o que lhe garantia uma vida praticamente estável. Á medida que a doença foi avançando, teve que desistir de várias coisas. Entre elas, o trabalho e a família. Resolveu então abrir negócio próprio, uma hospedaria.

A partir daí sua vida ganhou ares de monotonia e tristeza. Por que tudo aquilo estava acontecendo? Haveria uma esperança? Num dia fatídico, encontrou com o vidente, sua turma e a experiência com eles levaram-na a uma cura inusitada. As trevas ficaram para trás e agora sua vida seria plena luz. Agora, estava pronta para novas descobertas".

A visão termina e os dois separam-se. Com um olhar de cumplicidade e de paz, o vidente retoma o contato com sua serva:

"Bem-vinda ao grupo, Rubiana. Aqui somos uma grande família em busca da felicidade e do acolhimento. Sinta-se em casa e sempre que pudermos nos ajudaremos mutuamente, pois não há ninguém que saiba pouco que não possa ensinar e ninguém que saiba tudo a ponto de que não possa aprender. Saúde, paz e felicidade.

"Assim seja. Obrigado por tudo. (Rubiana)

"Nos convida para um lanche? Estou com fome. (O vidente)

"Claro, desculpe-me o mau jeito. Prepararei algo na cozinha e daqui a pouco os chamo. (Rubiana)

Dito isto, a anfitrião afasta-se indo cumprir o prometido. Enquanto isso, nossos augustos personagens permanecem na sala bem à vontade. Alguns preferem ficar em silêncio, outros a conversar distraidamente e outros refletem mentalmente sobre seus projetos vindouros. Em geral, o clima é de paz e harmonia.

Alguns instantes depois, ouvem um grito na cozinha os chamando e era o sinal de que estava tudo pronto. Organizadamente, vão dirigindo-se ao cômodo que ficava no fundo da casa. São apenas alguns passos dados até chegar lá. Eles reúnem-se ao redor da mesa principal. A anfitriã gentilmente serve chá com bolachas e bolo. Como estavam esfomeados, devoram a comida rapidamente.

Ao término do lanche, eles reúnem-se novamente e saem a passeio. O objetivo era conhecer um pouco daquela interessante cidade, satélite da capital. Moreno dos morenos, Brancos, loiros e ruivos. Moreno de todas as classes.

No perímetro urbano passam por algumas lojas de roupas, casas históricas, banca de jornal, a praça central, um bar onde tomam cerveja e por último a Igreja onde se recomendam ao pai. São exatamente dezoito horas quando concluem o percurso e voltam para a casa da amiga. Chegando lá, jantam e conversam um pouco mais. A anfitriã está feliz da vida por recuperar a visão e ter conquistado novos amigos. Ao final da noite, fica acertado sua integração ao grupo como mais uma apóstola do vidente. Um pouco depois, vão dormir. Sorte a todos e até a próxima aventura.

Final

www.ingramcontent.com/pod-product-compliance
Lightning Source LLC
LaVergne TN
LVHW021049100526
838202LV00079B/5379